FRANZ HOHLER

Alt?

FRANZ HOHLER

Alt?

Gedichte

Luchterhand

Alt?

Täuschst du dich
oder zittert manchmal
die Hand ein bisschen
wenn du den Suppenlöffel hältst?

Bist du das wirklich
von dem das Strassenverkehrsamt
ein ärztliches Zeugnis verlangt
du seiest noch fähig
ein Auto zu lenken?

Kann das sein
dass die
Kirchgemeinde dich einlädt
zur Seniorenweihnacht
mit schöner Klaviermusik
und gemütlichem Zvieri?

Und der Tanzanlass
für ältere Paare
dienstags von 15 bis 16.30 Uhr
ist der für dich?

Ist nicht
ein Ausdruck von Mitleid
im Blick des jungen Verkäufers
der dir erklärt
dein Mobiltelefon
sei nicht mehr zu reparieren?

Müsstest du sparsamer werden
mit dem Gebrauch eines Wortes wie
»früher«?

Warum fällt es dir
immer noch schwer
deine Handy-Nummer zu lernen
(Die Nummer des Elternhauses
weisst du noch jetzt)?

Wie war schon wieder
der Titel des Films
in dem ein Planet
die Erde bedroht?
Und die Schauspielerin
die den Jungen beschützte
wie hiess sie doch gleich?

Hast du genügend Sätze
für ein Gespräch
mit jemandem

dessen Namen
dir nicht in den Sinn kommen will?

Merkst du das Lauernde
beim Zusammensein mit alten Bekannten
sobald die Rede
auf die Gesundheit kommt
auf Knie, Hüften, Gelenke
und ihre Ersetzbarkeit?

Was haben die Medikamente
auf deinem Frühstückstisch
verloren?

Warum feiern so wenig Freunde
den vierzigsten
und immer mehr
ihren sechzigsten, siebzigsten, achzigsten?

Und wieso
will der dunkle Anzug
im Kleiderschrank
nicht mehr nach hinten rücken?

Morgens vor sechs
schon wach zu sein
dafür einzunicken
bei Büchner, Brecht

oder Shakespeare
ist das normal?

Wird die Sparlampe
die du im WC einschraubst
Brenndauer 10 000 Stunden
länger halten als du?

Und all die Petitionen
und Initiativen
Für eine sichere
Keine, Nein zu, Stop dem, Schluss mit
und Ausstieg aus –
was gehen dich Zeiten an
die du kaum mehr erleben wirst?

Warum aber
trifft dich der Blick deiner
frisch geborenen Enkelin
mitten ins Herz
und lädt dich auf
mit Zuversicht
Zukunft
und Lebenssucht?

Abendzug

Vor dem Fenster fährt mit
das gespiegelte Fenster
der anderen Seite des Zuges
ein Spiegel zuviel
für die
in der oberrheinischen Ebene
untergehende Sonne

und so rasen
zwei tiefrote Kugeln
nebeneinander
eng verschränkt
durch Wälder
Weinberge
Wiesen
durchfahren
Hochspannungsleitungen
Kirchtürme
Pappelalleen
durchtanzen
als Doppelsonne
den blassgrauen Abend
ohne Respekt

vor Zementwerken
Futtersilos
und Zugsignalen

verspotten die Wirklichkeit
als hüpfe die Sonne
ausser sich vor Freude
zusammen mit ihrer
eben entdeckten Schwester
zu einem Ball der Gestirne

und muss dann doch
dem Gesetz gehorchen
das keine Ausnahme kennt
und der Sonne befiehlt
die Irrlichter auszublasen
und allein
wie immer
hinter dem dunklen Rand der Welt
zu versinken.

Besuch

Wie kommst du
Schmetterling
auf meinen Schreibtisch
Mitte Oktober
bleibst
an einem der Bücher kleben
öffnest langsam
die grossen Augen
auf deinen Flügeln
und schliesst
und öffnest
und schliesst
und öffnest
und schliesst
sie wieder?

Du müsstest doch wissen
in meinen Büchern
findest du keine Nahrung.

Sachte
mach ich das Fenster auf
und schon fliegst du

taumelnd davon
in den Tag
und den Tod

ein Bote des Lebens.

Blätterfall

Da wirbeln sie
braun und vertrocknet
über die Dächer
drehen sich tanzend
um sich selbst
bevor sie zu Boden sinken
um sich nochmals
vom Wind getragen
raschelnd und kichernd
zu überschlagen
und aneinander zu kuscheln
vor Thujahecken
und moosigen Gartenmauern.

Dass Sterben
so lustig sein kann.

Zürich by night

Die Riesin
schläft
in ihrem Tausendlichterhemd
und ihrem roten Perlenarmband
mit dem blinkenden Rubin hoch oben
der sie vor Himmelsgeistern schützen soll.

Die Riesin
schläft
bedeckt von
einem schwarzen Krokodil
und einem Affenkopf.

Die Riesin
atmet schwer
sie schüttelt ihre Bäume
pfeift durch Schächte und Kamine
und bläst die Autostraßen leer.

Die Riesin
träumt
von Meeresfluten

fernen Bränden
und Ambulanzen
die ihr Ziel nicht finden
bis die Krähen nach dem Morgen rufen.

Schrebergärten

Blüht, ihr Tulpen
rote, gelbe, weiße
feiert euer Fest der Farben
blüht, so schnell ihr könnt!

Die Bauprofile sind schon ausgesteckt
die euren Boden
endlich nutzen werden
für Büros, für Praxen, für Kanzleien

und für Mehrfamilienhäuser
mit Thymian, Basilikum und Schnittlauch
in den Balkonkisten.

Gerücht

Höheren Orts
wird nun
wie man munkelt
darüber nachgedacht
die Wolken zu privatisieren
größere Sonderausschüttungen
sind zu erwarten
auch der Wind
soll bald
an der Börse gehandelt werden
denkbar ist ferner
die Fusion
von Hochdruck- und Tiefdruckgebieten
die Synergieeffekte wären beträchtlich
und schon beginnt
die Spekulation
mit Niederschlagsderivaten
Kontingenten von Hitzewellen
und Optionen
auf Sommergewitter.

Mutter Erde
(z.Zt. Fukushima)

Es hat mich gejuckt
ihr Menschen
tief unter der Haut
da musste ich mich
kratzen
während ihr glaubtet
ich halte mich still.

Ja
habt ihr denn
nicht gewusst
dass ich lebe?

Ciao, maestro!

»Non ti danno più da mangiare?«
fragte mich Cosimo Gaetani
der ständig rauchende Schuhmachermeister
als ich ihm
schlanker geworden
all meine Ledergürtel brachte
damit er zwei Löcher mehr hineinstanze.

Seine Baracke
hinter dem Sternen Oerlikon
sieht seltsam unbelebt aus
als ich näher komme.

An der Tür
ein Zettel
infolge Todesfall
bleibe die Schuhmacherei
für immer geschlossen
Todesfall unterstrichen
Wir bitten um Ihr Verständnis.

Minutenlang stehe ich da
mit den ungesohlten Schuhen

in meiner Plastiktasche
verständnislos
als sei mir soeben zum ersten Mal
mitgeteilt worden
dass nach dem Leben
irgendeinmal
der Tod kommt.

Achtung!

Wenn du
das Alter betrittst
setz den Helm auf

es herrscht
Steinschlaggefahr.

Heinrich Heine

Die Zeit

Wie langsam kriechet sie dahin,
Die Zeit, die schauderhafte Schnecke!
Ich aber, ganz bewegungslos
Blieb ich hier auf demselben Flecke.

In meine dunkle Zelle dringt
Kein Sonnenstrahl, kein Hoffnungsschimmer,
Ich weiß, nur mit der Kirchhofsgruft
Vertausch ich dies fatale Zimmer.

Vielleicht bin ich gestorben längst;
Es sind vielleicht nur Spukgestalten
Die Phantasien, die des Nachts
Im Hirn den bunten Umzug halten.

Es mögen wohl Gespenster sein,
Altheidnisch göttlichen Gelichters;
Sie wählen gern zum Tummelplatz
Den Schädel eines toten Dichters. –

d Zit

Wie langsam chrüüchsch du vor di här
Zit, du gruusige, chläbrige Schnägg!
Und i cha gar ke Wank me tue
und hocken uf em glyche Fläck.

I myni dunkli Zälle chunnt
ke Sunnestrahl, ke Hoffnigsschimmer.
Chum i no wäg, denn nur is Grab
us mym fatale Zimmer.

Bin i ächt tot und merkes nit?
Si's nur paar Gspänstergstalte
wo dur mis Hirni dure znacht
e letschten Umzug halte?

Si riten uf em Schnägg derhär
und trinke Bluet us Hümpe
si singe faltsch und lache lutt
und schwänke schwarzi Lümpe.

Die schaurig süßen Orgia,
Das nächtlich tolle Geistertreiben,
Sucht des Poeten Leichenhand
Manchmal am Morgen aufzuschreiben.

Am Morge bin i glych no do
i merkes a mym schwäre Schnuuf
und myni chalti Dichterhand
schribts wenigstens no uf.

William Shakespeare

Sonett Nr. 66

Tired with all these for restful death I cry,
As to behold desert a beggar born,
And needy nothing trimmed in jollity,
And purest faith unhappily forsworn,
And gilded honour shamefully misplaced,
And maiden virtue rudely strumpeted,
And right perfection wrongfully disgraced,
And strength by limping sway disabled,
And art made tongue-tied by authority,
And folly, doctor-like, controlling skill,
And simple truth miscalled simplicity,
And captive good attending captain ill.
  Tired with all these, from these would I be gone,
  Save that to die, I leave my love alone.

Müed

I bi so müed, i wär am liebste tot.
Do hesch Verdienst und bisch zum Bättler worde
Und wär sim Gwüsse treu blibt, het ke Brot
Und isch me schäbig gnue, denn git's en Orde
Und duurend muesch go bitti-bätti mache
Und überall si Pfyffen a der Macht
Und Starchi ghöre plötzlech zu de Schwache
Und gloge wird derzue, dass 's tätscht und kracht
Und was du guet findsch, isch uf einisch schlächt
Und alles zunderobsi uf der Wält
Und hesch e lätze Name, hesch ke Rächt
Und das, wo würklech zellt, isch nume s Gält.
  Das macht mi müed, i giengt am liebste hei
  Nur, wär i tot, denn wär mi Schatz elei.

Die Alten

Die Zähne verloren
die Sprache verloren
die Neugier verloren

sitzen im Aufenthaltsraum
zwischen Krücken
Rollstühlen
Gehhilfen
lauschen Verständnis suchend
den halb geschrieenen Worten
ratloser Söhne und Töchter

blicken
durch Türe und Wand hindurch
in ein anderes Land

erwartend täglich
den Engel
der sie
über die Grenze bringt.

Er hat uns verlassen

Der Beileidsbrief ist geschrieben
und abgeschickt
schon vor Tagen
doch immer noch
liegt
die schwarzumrandete Karte
auf meinem Tisch.

Das Zögern
jedesmal
wenn ich sie
in die Hand nahm
und in den Papierkorb
werfen wollte

als lauere dort
das Vergessen
als sei er erst dann
begraben und tot.

Erben

Erstversterben
Pflichtteilsschutz
Erblasser
Miterben
Vorempfänge
Vorschlagszuweisung
Forderungspapiere
Eigengutsansprüche
inventuramtlich
grundpfändlich
einredeweise
herausschuldig
bösgläubig Bedachte
Verfügungsunfähigkeit
Errungenschaftsbeteiligung
Darlehensvereinbarung
Sicherstellungspflicht
Bruttorücklass

Ohrenbeleidiger
sind diese Wörter.

Er zieht sie
aus seiner schwarzen Mappe
und legt sie hin
auf den Tisch des Notariats
damit du weißt
er war da
der Tod.

Geständnis

Da stehen sie
zwischen Schulhaus und Kirche
in einer Seitenstraße des Vororts
Wand an Wand
und üben ihren Beruf aus
Tag und Nacht
den Beruf als Haus
verlässlich, solid
und ein bisschen bieder.

Nur eines davon
ist von unten bis oben
mit Efeu bewachsen
als mach es sich lustig
über die andern.

Der es bewohnte
starb jung.

Ich hab oft
am Tisch gesessen
mit ihm
mit den Kindern

die ohne ihn
groß und erwachsen wurden
und mit seiner Frau
die es nun
nach mehr als vierzig Jahren
verlässt.

Erst jetzt
da die Türe
sich nicht mehr öffnet
für mich
jetzt erst
weiß ich:

Ich liebte ein Haus.

Traum

Heute Nacht
hab ich im Traum
einen Hund
umarmt

und gedacht
du darfst ihn nicht
zu sehr lieben

wie erträgst du sonst
den Schmerz
wenn er stirbt?

Alter Hund

Wie müde ist der alte Hund
er, der so kräftig war
sein Blick, wie hilflos, schlaff und wund
wie spröd sein dunkles Haar.

Er ist so viel herumgetollt
er hat so viel gebellt
jetzt hat er sich ganz eingerollt
zum Abschied von der Welt.

Die Klingel geht, er hört sie nicht
er horcht in sich hinein
dort ist es still und schön und licht
und dort ist er allein.

Bahnhof Oerlikon, Freitag

Zuerst
auf den Monitoren
in der Unterführung
verspätete Abfahrtszeiten

dann auf dem Bahnsteig
die rot gefleckten Sperrzonenbänder
der Polizei

aus dem Lautsprecher
Sonderdurchsagen

der stehende Zug

und dann
auf Gleis 4
die Männer
in leuchtenden Jacken

und mittendrin
das weiße Zelt.

Lausanne, Hotel Beau Rivage

Die blendend weiße Frau
aus Marmor
hebt zwei blendend weiße Kinder empor
und die Tafel zu ihren Füßen
erinnert daran
dass gegenüber
am 6. August 1923
ein Friede geschlossen wurde
zwischen den USA
und dem Osmanischen Reich.

Dies lese ich
als ich aus dem Hotel
ins Freie trete
die Morgenzeitung
unter dem Arm
die auf der ersten Seite berichtet
dass die USA seit gestern
ein muslimisches Land
bombardieren.

Nimm deine Kinder
unter den Mantel

weiße Frau
und renn um dein Leben!

Der längst vergessene Friede
zu deinen Füßen
ist eingeholt worden
vom niemals vergessenen Krieg.

Moskau

Die Kathedrale Mariä Himmelfahrt
ist wegen Umbau
geschlossen.
Nur ihre goldenen Zwiebeltürme
erzählen
die Krönung der Zaren.

Am Roten Platz
ist das Mausoleum von Lenin
geschlossen.
Sein schwarzer Marmor
erzählt die Ermordung des Zaren.

Am Puschkin-Platz
sind die Bäume mit Lichtern geschmückt
und McDonald's
erzählt die Globalisierung.

In den eisernen Brückengeländern
über die Moskwa
sind immer noch
Hammer und Sichel und Amboss
von Ähren umrankt
und erzählen die Zeit dazwischen.

Private Weltgeschichte 1968 – 2016

Ich möchte nicht vergessen
dass ich über 40 Jahre
mit derselben Frau zusammen bin
und sie mit mir
und füge bei
dass ich die Freiheit
stets verteidige
die Freiheit der Gefühle auch
die Überraschung, Leidenschaft und Trennung

und dass ich doch berührt bin
von jedem Paar
das
ohne zu erstarren
miteinander älter wird.

Kulturkonzept

Ich hätte gern
aus jedem Kindergarten
täglich
eine Zeichnung
von dem, was grade aktuell ist
sei es ein Hund
ein Frosch
ein Vogel
eine Maus
ein hoher Berg
ein Flugzeug
Rennautos
die Feuerwehr
Piratenschiffe
Drachen
oder Schmetterlinge
und würde
diese Bilder streuen
in der Tagesschau des Fernsehns
zwischen
Kriege
Konferenzen
Hungersnöte

und auf die Titelseite
jeder Zeitung
müsste täglich
eine Kinderzeichnung
als Nachricht
die nicht berichtet
von dem, was war
nein, die berichtet
von dem, was sein will
oder könnte
damit wir endlich
sehen lernen
damit wir endlich
träumen lernen
damit wir endlich
wägen können
das Gewicht
der Welt.

Die Zollstation

(L'octroi)

für Henri Rousseau

Haben Sie was zu verzollen?
Nichts?
Das wundert mich sehr
zeigen Sie her –
Was ist denn da in den Taschen, den vollen?
Wein, Kaffee, Schokolade?
Parfum, Likör, Marmelade?
Zeigen Sie her –
die Taschen sind leer
da drin ist ja gar nichts zu sehen!
WAS ist da drin?
Ideen?
Wie schwer?
200 Pfund?
Was heißt hier »Na, und?« –
das hätten Sie angeben sollen!

Hommage

Als Arp
starp

blieb
was er schrieb

und malte
und formte
und klebte.

Er lebte.

Hallo Hans!
Es grüßt
Dein
    Franz

Frühfranzösisch

nom de bleu
de pipe de pape
de crache de vache
de coucou de caca
de pipi de papa
de plouf et de plaf
de zic et de zac et de zouc!

Oh lala!
La Lou!
La Lilly!
La Loulou!
Le bébé!
Le bobo!
Le bonbon!

Qu'est-ce que tu penses
de la danse
et la chance
de la trance
dans toute la France?

Bien bien
pas de pain
dans le train
rien rien
dans les mains
pour les miens
et les tiens
et le chien.

Feldenkrais-Übung

Gaanz

langsam

einen

Fuß

vor

den

andern

setzen

und

so

durchs

Zimmer

gehen

gaaanz

bewusst

und

ebenso

langsam

wieder

rückwärts
unddabeianallesdenkenwasheuteerledigtwerdensollteund-
dassmandenhoferanrufenmusswennerselbstsichnichtmel-
detdiemailwegenfrankfurtmussrausunddiesitzungumvier-
uhristhintenundvornenichtvorbereitetundhatmaninolten-
diezahlenvomvorjahrumdieichgebetenichwürdewohlbesser-
nochtelefonierenvorherodersagefrauhugsiesolledasbittemal-
machendannkannichdenjahresberichtwanngehtdenndie-
blödeübungendlichzuendeichkanndochimernstnichtwieeine-
schneckewas?erstmittedeszimmers?derfeldenkraissollmich-
dochmalichmussabinsgeschäft –

27 Verleser

Solbad – Sobald
Verbandsorgan – Verbandsorkan
Tarnfarben – Tranfarben
Tauschhandel – Tauschhundel
Endbetrag – Endbetrug
Dreiecksbeziehung – Drecksbeziehung
unliniert – uriniert
Kunstjünger – Kunstdünger
Nachtflugverbot – Nacktflugverbot
begreifen – begeifern
Internat – Internet
hochqualifizierte Lehrkräfte – hochqualinfizierte Lehrkräfte
Wohnungseinrichtungen – Wohnungshinrichtungen
Kindermode – Kindermorde
Zurschaustellung – Zursaustellung
Abraten – Abarten
Rahmenhandlung – Samenhandlung
Mostrose – Mosthose
Zweigbücherei – Zwergbücherei
Kinderlosigkeit – Inderlosigkeit
Expressbar – Erpressbar
Vorzugslage – Vorzugsalge
Elternabend – Elsternabend

Leihwagen – Leihmagen
Bockleiter – Bockeiter
Sauerampferwurzel – Sauerampelfurzer
Vergaser – Versager

Feierabend

Mehrere Schauspieler kamen um
durch Stürze, Schüsse und Schläge
dann warb man für Honda und Anti-Brumm
ich glotzte schlapp und träge.

Endlich drückte ich auf den Knopf
und ging in die Küche hinüber.
Eine Kröte rief aus dem Blumentopf:
»Eichendorff wäre mir lieber!«

Summer

Everybody
wants to go
where nobody is

so
everybody is
where nobody was
and nobody is
where everybody was

and we can stay at home.

Heimat

Wenn die S-Bahn den Tunnel verlässt
und ich linkerhand lese
»soft car wash«
»SWISS PRIME SITE«
und
»b®anding house«
und rechts gegenüber
»swissôtel«

stehe ich auf
und gehe zur Tür
denn gleich
bin ich
daheim.

Einheimische Fauna

Ein Bär
in der Schweiz?

Da gibt es doch Tiere
die sind uns vertrauter

etwa
die Haie.

Hätte

Hätte ich etwas sagen sollen?
Hätte ich etwas tun sollen?
Hätte ich nicht zuviel riskiert dabei?
Hätte ich mich nicht lächerlich gemacht?
Hätte ich mich da nicht in etwas hineingeritten?
Hätte ich da nicht den Chef brüskiert?
Hätte ich je wieder dorthin gehen können?
Hätte ich irgendwie reagieren sollen?
Hätte ich überhaupt eine Chance gehabt?
Hätte ich das ohne Hilfe geschafft?
Hätte man das nicht viel früher anpacken müssen?
Hätte es überhaupt eine Wirkung gehabt?
Hätte ich da vielleicht meine Stelle riskiert?
Hätte das nicht ein anderer tun müssen?
Hätte es da nicht eine Uniform gebraucht?
Hätte ich mich bemerkbar machen sollen?
Hätte ich da nicht mehr Zeit gebraucht?
Hätte ich einfach eingreifen müssen?
Hätte ich die Polizei benachrichtigen müssen?
Hätte ich den zur Rede stellen müssen?
Hätte ich rufen müssen?
Hätte ich Hilfe holen müssen?
Hätte ich mich zuvorderst hinstellen müssen?

Hätte ich mich da nicht vorgedrängt?
Hätte ich mich da nicht –
Hätte ich da nicht –
Hätte ich nicht –
Hätte ich nur –
Hätte ich doch –
Hätte ich –

Ein Psalm

An den Strömen Babels
da saßen wir und lachten
an die Weiden im Lande
hängten wir
unsere Lautsprecherboxen
und klatschten
im Rhythmus des Sounds
und wenn irgendwo Schüsse krachten
dann war's wohl am Bildschirm
beim family game
als wir gackernde Moorhühner schossen
im schottischen Hochland
zum Spaß natürlich
denn leben wir nicht
in dem Land
wo niemand erschrickt
wenn ein junger Mann
mit dem Sturmgewehr an der Schulter
die Schalterhalle der Bank betritt
er wird schon am nächsten Abend
silbergeschminkt mit blauer Perücke
und grellem Slip
mit der Bankbeamtin zusammen

zum Wummern der Bässe die Hüften schwenken
mit Hunderttausenden
die sich als Engel, Teufel, Feen und Prinzen
zum Megalo-Tatzelwurm finden
welcher sich dröhnend
und stöhnend vor Lust an sich selbst
über Straßen, Brücken und Plätze
der Dienstleistungshochburg wälzt
und aus den Fenstern
starren ratlos die alternden Linken
im Kopf noch die Großaufmärsche
für Frieden und Wald und gegen Atom
entweder haben sie alles erreicht
die Kämpfer von gestern
oder gehören schon längst
der Kaste der Sachzwangverwalter an
und feilschen untereinander
um Mehrwertsteuerprozente
und Schwerverkehrskontingente
und kennen nicht
die Schreie der Bungee-Jumper
die sich aus Seilbahnkabinen
ins Leere stürzen
begierig nach Spaß an der Angst und am Adrenalin
denn das Leben ist kurz
was sollen wir da unsre Zeit
mit Utopien verläppern
und warum sollen wir nicht

auf Robinson-Inseln fahren
wo wir aus Spaß zu überleben versuchen
für einen Fernsehkanal
wir können uns auch die Reise sparen
und uns in einen Container setzen
gleich neben dem Aufnahmestudio
und das wirkliche Leben spielen
und lachen darüber
lachen
wie blöd und banal es ist
das hätten wir nie gemerkt
wenn es uns nicht gezeigt worden wäre..

Kinder hatten wir keine
dafür sorgten die
die neben und unter uns
an den Strömen Babels
in der Verbannung lebten
und ganze Kolonnen von Autos zum Stehen brachten
wenn sie in bunten Gewändern
hoch erhobenen Hauptes
ihre Buggies über die gelben Streifen schoben
hinter sich her eine glacéschleckende Zwergenschar..

Und so vergaßen wir nach und nach
wer unsere Herrscher waren
wir sangen die Lieder
die sie von uns verlangten

wir zahlten die Leihgebühren
der Videotheken
wir aßen die Baguettes der Paninotecas
verfickten die Gummis der Condomerias
und ließen uns unsere Cumulus-Karten füllen –

und manchmal nur
manchmal
schossen wir plötzlich auf
in der Nacht
weil wir träumten
wir hätten jemanden
wirklich geliebt.

Warte nur

Irgend einmal
nimmt der Tod
die Sonnenbrille ab

und schaut dich an.

Wer bist du?

Wer bist du
der da
früh am Morgen
im schwarzen Mantel
mit weißem Saum
auf dem blauen Teppich
der Badewanne sitzt
und mich am Duschen hindert?

Ordensband
Waldteufel
Hausmutter?
Blasenstrauchbläuling?
Ein brauner Mönch
eine Schnabeleule?
Ein Dickkopffalter vielleicht?

Nein
eine Königin bist du!

Ich lege mein Schmetterlingsbuch
zur Seite
und lade dich ein
ein Papier zu besteigen.

Auf dieser weißen Sänfte
trage ich dich
gemessenen Schrittes
zum Küchenbalkon
und setze dich ehrfurchtsvoll ab
in den dichten Blättern
deines
Glyzinienschlosses.

21. März

Als ich erwachte
nachts um halb fünf
schien der Mond
auf die Baustelle
vor unserm Haus.

Am Kran
hing immer noch ein Container
in der Luft
und ganz zuvorderst
auf dem Auslegearm
saß eine Amsel
und sang und sang
so laut und lang

bis ich begriff.

Urs Widmer

Heute Morgen
beim Blick aus dem Fenster:
der Kirschbaum blüht
und bringt mir die Botschaft
der Frühling sei da.

Wenig später
im Radio die Meldung
Urs Widmer sei gestern
gestorben.

Dem Kirschbaum
nehme ich seine Nachricht ab
dem Radio nicht.

Urs ist nicht tot
er ist nur aufgebrochen
voll Neugier und Wanderlust
zu einer großen Reise
bis an den Rand des Universums.

Osterglocken

Auf dem kleinen Streifen zwischen Geleise und Straße
Beim Treppeneingang des Abbruchhauses
Vor einem rostigen Zaun
Beim Lagerschuppen aus Wellblech
Zwischen den Schienen zur stillgelegten Fabrik
Neben zugedeckten Gemüsebeeten
An den Parkplatzrändern des Einkaufszentrums
An der Böschung der Autobahnausfahrt
Hinter Kompostgittern, Mauern und Schrebergärten

Die unerschrockenen Boten der Auferstehung.

Sommergelächter

Das Kartenspiel ist aus
das Licht gelöscht
drei Kerzen brennen noch
auf dem Balkon
und spiegeln sich im Wein.

Wir sitzen da
und sprechen über morgen.

Auf der Dachterrasse eines Nachbarhauses
werden Gläser angestoßen
Gitarrentöne sind zu hören
und von Zeit zu Zeit
schwebt eine Seifenblase voller Glück
zu uns herüber
und zerplatzt
an den Tomaten in den Blumenkisten.

Tagesablauf

Die Nacht wird langsam verdämmern
der Morgenstern wird als letzte Laterne am Himmel stehn
und erst verblassen
wenn
um 6 Uhr 25
die Sonne aufgeht
und ihren Gang nach Westen
antritt
wo sie um 20 Uhr 43
wieder untergeht.

Das Erscheinen des Halbmonds
wird auf 17 Uhr 48
angesetzt
und um 2 Uhr 24
wird er wieder verschwinden.

Diese Angaben sind
wie immer
ohne Gewähr.

Südanflug

Kaum hat es
6 Uhr geschlagen
vom Kirchturm her
taucht über dem Wald
die erste Riesenheuschrecke auf
mit gelben Augen
und roten Tupfen
fliegt grollend
über die schlafenden Morgendächer der Stadt
und verschwindet
hinter dem Hochhaus
denn sie weiß ganz genau
wo ein Landeplatz ist
für Großinsekten wie sie.

Erdnähe

Nie sei der Mond so nahe
an der Erde
wie im August.

Die schmale Sichel
streut ihr Licht
auf unsern alten Haselbusch.

Sein Schatten
schreibt eine Nachricht
aus dem Weltall
auf die Fensterscheiben.

Die Bilder

Nein
ich will sie
nicht sehen
die Bilder

vom Plüschtier
das übrig blieb
nach dem Absturz
des abgeschossenen Flugzeugs
im Osten der Ukraine

und von den fliehenden Kindern
am Strand von Gaza
welche getroffen werden
vom Feuer eines Kanonenboots.

Ich betäube den Blick
mit Berganemonen
Butterblumen und Männertreu.

Doch schließ ich die Augen
lauern sie unter den Lidern
die Bilder
und bleiben
als ungebetene Gäste
bei mir.

Experten

Wenn irgendwo auf der Welt
etwas Schlimmes geschieht
sind unsere Bildschirme
voll von Experten.

Sie wissen Bescheid
über alles
was technisch schief gehen kann
über Triebwerkvereisungen
Schmorbrände
Kernmantelrisse
Ausfall von Daten –

Und wenn sich dann zeigt
dass das Schlimmste der Mensch ist
sind unsere Bildschirme abermals voll
von Experten
die wissen Bescheid
über triebhafte Kräfte
Wahnideen
Risse der Psyche
Identitätsverlust –

Möchten wir allerdings wissen
wie man das Schlimmste verhindern kann
sind die Experten
weniger zahlreich
und weniger wortreich
und im schlimmsten Fall
bleiben nur zwei:

Sie und ich.

Mein Dank geht an …

Hättest du
Anna Magdalena Bach
Pianistin
und Sängerin
mit einem
sauberen Soprano
wie dir dein Mann bescheinigte
Liebhaberin von gelben
und himmelblauen Nelken
Besitzerin eines sangesfreudigen Hänflings
und damals Mutter
dreier lebender
und fünf frühverstorbener Kinder
Stiefmutter von vier Söhnen und Töchtern
deines verwitweten Kantors –

hättest du nicht
mit deiner schwungvollen Handschrift
die 6 Suiten für Violoncello solo
abgeschrieben
könnt ich sie heute nicht spielen
denn Johann Sebastians Originale
gingen verloren.

Gern verzeihe ich dir
dass deine Legatobögen
oft etwas flüchtig gerieten
weil vielleicht ein krankes Kind nach dir rief
oder weil sich ein neues regte
in deinem fruchtbaren Bauch
das gibt mir die Freiheit
die Bögen
nach meinem Empfinden zu setzen.

Doch vor allem
durfte ich diese Musik
die für mich auch die deine ist
liebe Anna Magdalena
ein Leben lang spielen
und immer aufs neue erkunden
und dafür danke ich dir
ein bisschen spät
ich geb's zu
aber umso inniger.

Dimitri tot?

Und das sollen wir glauben?

Sein Lachen verstummt?

Seine schalkhaften Augen geschlossen?

Kein «Uiuiuiuiui!» mehr aus seinem breiten, fröhlichen Mund?

Wir verlören also den Clown, der ein halbes Jahrhundert lang
auf dem Seil zwischen Himmel und Erde tanzte?

Den Clown, der uns nahe brachte, dass auch Poesie
eine Form der Erkenntnis ist?

Den Clown, der uns zeigte, dass die Menschen
dann am menschlichsten sind, wenn sie scheitern?

Den Clown, der glaubte, dass unsere Welt
durch das Lachen menschlicher wird?

Den Clown, der sein Können weitergeben wollte
und ein ganzes Dorf mit seinen Schülern bevölkerte?

Den Clown, der sich nach dem Fallen des Vorhangs
nicht drückte vor dieser Welt und ihrem Leid?

Den Clown, der in unserem Herzen ein Gästezimmer bewohnte?

Wir werden es irgendwann glauben müssen
und dafür sorgen, dass dieses Gästezimmer nicht leer bleibt.

iPhone

Wenn er plötzlich
erscheint
auf dem kleinen Bildschirm
in deiner linken Hand
und dich anschaut
der Tod
wisch ihn weg
mit dem Finger
und wähle das App
Leben.

Wissen

Und wäre ich nicht geboren
in unserer Zeit
ich wüsste nichts.

Die Erde hielte ich wohl
für einen riesigen Teller
die Sterne für Löcher im Himmelsdach
durch welche das Licht
von goldnen Palästen schimmert
die Sonne
für einen Boten der Wärme
täglich von fernen Göttern gesandt.

Dass Pferde ersetzt werden
durch Motoren

dass Menschen
die Meilen entfernt sind
zusammen sprechen können

dass elektrische Lampen
statt Fackeln unsere Häuser erhellen

all das
hätte erfunden werden müssen
ganz und gar ohne mich.

Wär ich geboren
vor unserer Zeit
ich wüsste nichts
ich könnte nichts

ausser singen vielleicht
und lieben.

Sappho

Eros

Ἔρος δηὖτέ μ' ὀ λυσιμέλη
γλυκύπικρον ἀμάχανον ὄρπ

Gliederlösender Eros treibt wieder mich
um, süß-bitter, unzähmbar, ein wildes Tier.

übersetzt von Max Treu

D Liebi

D Liebi isch wider hindermer här
wo mir s Bluet i d Odere jagt
schmöckt süess und suur mitenand
es Viich, wo niemer cha zähme.

Spuk

Wenn ich
nachts
meinen Arm ausstrecke
zu deinem
ist für einen Moment
eine zarte Brücke da
von einem Ich
zum andern
über welche Gestalten huschen
hin und her
mit Botschaften unter den Mänteln
aus Wehmut, Freude und Träumen
und dem einzigen Ziel
sich ins andere Ich zu retten
bevor die Arme
sich wieder lösen.

Wer ist die Frau?

Wer ist die Frau
die den Platz betritt
klein und gebeugt
mit schlurfendem Schritt?

Was will ihr Blick
so forschend und stumm
was sucht sie hier
wonach schaut sie sich um?

Wieso blicken die jungen
Mütter so verstört?
Hat man nicht soeben
einen Schuss gehört?

Was ist im Sack
den sie mit sich trägt
und der nun schwer
auf das Pflaster schlägt?

Jetzt streicht sie sich
aus dem Gesicht ihr Haar
sie sieht aus, als zähle sie
tausend Jahr.

Gib keine Antwort
es ist eine List
wenn sie dich fragt
wie spät es ist!

Es ist die Weltgeschichte
die vor dir steht
und du kannst nur hoffen
dass sie weitergeht.

Weiss noch jemand?

Weiss noch jemand
wo das Denkmal stand

für die Prinzessin
aus dem Morgenland

die mit dem Sternenmantel
durch die Wälder ritt

bevor der grosse Krieg
darüber schritt?

Weiss noch jemand
wo der Garten war

mit den Sommergästen
und der Kinderschar

auf den der Mond
in verzauberten Nächten schien

und den die Eule besuchte
und der Hermelin?

Weiss noch jemand
wo der Geiger blieb

der uns zu ausgelassenen
Tänzen trieb

mit seinen kühnen Läufen
und der schmelzenden Terz?

Er weckte die Sehnsucht
und brach uns das Herz.

Weiss noch jemand
wo der Grabstein ist

auf dem der Todesengel
den König küsst

und ihn so fest
in seinen Armen hält

dass ihm die Krone
vor die Füsse fällt?

Weiss noch jemand
wo der Wildbach floss

im Bergwald mit dem
Raubritterschloss

aus dessen Wasser
die weisse Schlange trank

bevor sie im eisigen
Stausee versank?

Weiss noch jemand
wie die Inschrift hiess

die man fand
im dunklen Kellerverlies

in dem der Zar so schmählich
zu Tode kam

und man der ganzen Familie
das Leben nahm?

Weiss noch jemand
wie das Volkslied geht

in dem das Mädchen am Morgen
am Fenster steht

und die Fahne in der Ferne
flattern sieht

hinter der sein Liebster
zum Kampfe zieht?

Prinzessin und Geiger
König und Zar

Schloss und Schlange
und Kinderschar

die Gärten – was ist nur
mit ihnen geschehn

und dem Burschen und dem Mädchen
die sich nie wieder sehn?

Inhalt

Der Verlag weist ausdrücklich darauf hin, dass im Text enthaltene externe Links vom Verlag nur bis zum Zeitpunkt der Buchveröffentlichung eingesehen werden konnten. Auf spätere Veränderungen hat der Verlag keinen Einfluss. Eine Haftung des Verlags ist daher ausgeschlossen.

MIX
Papier aus verantwortungsvollen Quellen
FSC® C014889

Verlagsgruppe Random House FSC® N001967

1. Auflage

in der Verlagsgruppe Random House GmbH
Neumarkter Str. 28, 81673 München
Umschlaggestaltung: buxdesign / München
unter Verwendung eines Motivs von © Plainpicture/Millennium/
Johan Doumont
Satz: Uhl + Massopust, Aalen
Druck und Einband: Friedrich Pustet, Regensburg

Printed in Germany
ISBN 978-3-630-87544-6

www.luchterhand-literaturverlag.de
www.facebook.com/luchterhandverlag
www.twitter.com/luchterhandlit